꿈 가방 멘 늙은이

펴 낸 날　2014년 10월 07일

지 은 이　김영권
펴 낸 이　최지숙
편집주간　이기성
편집팀장　이윤숙
기획편집　주민경, 윤은지, 김송진
표지디자인　신성일
책임마케팅　임경수
펴 낸 곳　도서출판 생각나눔
출판등록　제 2008-000008호
주　　소　경기도 고양시 덕양구 화중로 130번길 24, 한마음프라자 402호
전　　화　031-964-2700
팩　　스　031-964-2774
홈페이지　www.생각나눔.kr
이 메 일　webmaster@think-book.com

- 책값은 표지 뒷면에 표기되어 있습니다.

ISBN 978-89-6489-316-6　03810

- 이 도서의 국립중앙도서관 출판 시 도서목록(CIP)은 서지정보유통지원시스템 홈페이지
(http://seoji.nl.go.kr)와 국가자료공동목록시스템(http://www.nl.go.kr/kolisnet)에서
이용하실 수 있습니다(CIP제어번호: CIP2014027380).

백발의 유목민 희망을 노래하다

꿈가방멘
꿈늙은이

김영권

생각나눔

시집을 내면서

봄 여름 가을 겨울
수많은 계절을 지내고
어린 시절 젊은 날
장년기와 노년을 보내고
떠나가야 할 시간 황혼에 서서
먼 산을 바라봅니다

살아온 의미는 무엇인가
무엇을 쫓아 한평생
길고도 긴 시간을 낭비했을까
이제는 무엇을 하다가
어디로 가야 하나
그런 나머지 문제들을 생각해봅니다

몽골에서 보낸 십 년을
그리고 돌아와 보낸 날들을
삶과 생각을

희망과 근심을
회고와 후회를
노래했습니다

정리되지 못한 생각
보잘것없는 글솜씨
그래도
이런 초라한 노래로라도
지난날들을 위로받고
팔순을 감사하고 싶습니다

어차피 부끄러웠던 삶
부끄러운 글
몽땅 부끄러운 것뿐인데
또 한 번 부끄러움에
스스로 얼굴 붉히며
이 시집을 냅니다

같은 시대를 살아왔고
어려움과 기쁨을 함께해주셔서
행복하게 살아올 수 있도록
도와주신 선배 후배
모든 분들께
진심으로 감사드립니다

못난 남편 때문에 한평생 고생만 한
사랑하는 아내 이순애
어려운 환경에서도 잘 견뎌주고
오늘의 모습으로 성장한
사랑하는 아들 장환 딸들 애령, 이령
정말로 고맙습니다.

2014. 10월 어느날

김영헌

목 차

1. 꿈 가방 멘 늙은이

2. 시월의 울란바토르

3. 따라갈 수 없는 길

7. 바다가 내게 말한다

8. 성지에서

9. 울고 계시는 하나님

1
꿈 가방 멘 늙은이

허리 굽은 늙은이 하나
어깨에 가방을 메고 비틀거리며 걸어간다

꿈 가방 멘 늙은이

– 응접실 소파에 앉아 창밖을 내다본다

허리 굽은 늙은이 하나
어깨에 가죽 가방 메고
비틀거리며 걸어간다

어디서 보았을까
낯익은 저 걸음걸이
평생 학생들을 가르치고
다 늦게 몽골에 와서
젊은 사람들이 건너갈 다리를 놓는
그 늙은이가 분명하다

고비사막을 넘어
태평양도 건너고
대서양도 건너서
어디든 갈 수 있도록 다리를 놓는다고
유목민을 더 유목민 되게 한다고
머리카락이 회색으로 변해가고 있다

사람들은 그를 비웃는다
왜 쓸데없는 일에
다 늦은 저녁 황혼 시간에
힘 빼고 있느냐고
어서 짐 싸서 돌아가라고
뒤에서 수군거린다

그 늙은이는 외롭다
집에 가면 병든 마나님과
다 쉬어 꼬부라진 김치 조각에
뒤 숟갈 잡곡밥으로 허기를 때우지만
언제나 제가 만들어가려는 다리에만
한순간도 눈을 뗄 수가 없다

없는 것 투성이인 그 다리 만드는 곳에
자갈도 없다 나무도 없다 흙도 모래도 없다
있는 건 비웃음뿐
질시와 비난과 빚뿐
언제 무너져 내릴지 모르는

초조함과 불안만 있다

그래도 간다
구부러진 허리
허름한 양복에 다 떨어진 구두
어깨에 멘 가방에 무지갯빛 꿈만 담아가지고
몽골 젊은이들이 기다리는
땅으로 간다

- 응접실 쇼파에 앉아 다시 창밖을 내다본다

그 늙은이는 아직도 거기서 서성인다
그 꿈 가방은 죽어도 안 내려놓겠다는 마음으로
비틀거리는 다리로 버티고 선다

내가 여기 있습니다

지축을 뒤흔드는 포화 속에서
부르짖는 소리가
고막을 찢는데
뒤돌아서서
나는
화려한 욕심만 꿈꾸고 있습니다

삶의 뜻도 모른 채
빛 한줄기 없는 터널 속에서
죽어가는 영혼들
그들을 빤히 쳐다보면서
나는
눈만 멀뚱거리며 구경만 하고 있습니다

저 불쌍한 내 백성을 위해
내가 누구를 보내며
누가 나를 위하여 갈고
부르는 소리가 쟁쟁한데
나는

못 들은 척 도망갈 궁리만 찾고 있습니다

오늘 다 저물어가는 우주의 종말
어찌할 바를 모르는 이 지표에서
눈감고 귀 닫고 입 다물고
나른한 게으름으로
나는
여전히 멍청히 서 있습니다

이제 더 도망칠 수 없는
막다른 길에서
가슴 뜨겁게 울리는 노랫소리
거룩하다 거룩하다
나는
어쩔 수 없어 고백합니다 나를 보내주소서

떠남

몽골을 향해
비행기 타고 서울을 떠나면서
왜 난
죽음을 생각했을까

몽골에 대학을 세우고
그 나라 젊은이들에게
복음과 학문을 섞어 나눠 주겠다면서
왜 난
죽음을 생각했을까

하룻밤 자고 다음 날
장모님 세상 떠난 일을 알고 나서
비로소 난
떠남은
영원한 삶이라는 것을 깨달았습니다

산을 넘어

– 아름답도다 좋은 소식을 전하는 자들의 발이여(롬13:15) –

새처럼 가벼운 몸짓으로
기쁜 소식을 들고 넘는 산
들풀과 꽃도
들리는 새 소리도
미풍에 흔들리는 나뭇가지도
모두 흥겨운 새 생명의 노래

하늘은 밝고 공기는 시원한데
생명의 환희며
구원의 감사며
사랑의 실천이며
조건 없는 희생
모두 영원으로 달려가는 활기찬 발걸음

노래를 불러라
온 천하에 흘러넘치도록
큰소리로 구원의 노래를
전해서
듣게 하고 알게 하고 믿게 하는
복음을 들고 산을 넘는 아름다운 발이여

박사의 날

오늘 몽골의 스승의 날을 보낸다

부끄럽지 않게 살고 싶어
평생, 이 한길을 걸어왔고
아무도 알아주지 않는 아픔을
되새김질하며
밤마다 무릎을 꿇었다

나날이처럼 날 닮아라
흑판 앞에서 목청을 세우고
이상한 수식에
땀과 철학을 섞어 풀어 조각해온 긴 세월
그거로는 모자라 북녘땅 몽골까지 찾아와
오늘 몽골의 스승의 날을 보낸다

너무 어렵고 힘든 몇 해
찌들고 늙어 빠진 심신에
오늘만은 주름 펴고 웃어 보라고
건네주는 장미꽃 향기

백 년 뒤쯤 그래도
나를 기억해 주는 제자가 있을까

오늘 몽골의 스승의 날을 보낸다

잃어버린 얼굴

하늘을 본다
눈물로 얼룩진 안경 너머
나를 찾는다
보이는 것은 내가 아니다

군상들이 떠들다 돌아간
아무도 아는 이 없는 거리
한숨과 고통으로 울다
잃어버린 내 얼굴

터벅터벅
지친 다리를 끌고
구름다리를 건너며
허리 굽은 태양을 본다

찾을 수 없는 시간
찾을 수 없는 얼굴

다시 하늘을 본다

어른거리는 안경 너머
시간 끝자락에선
초라한 내 잔상만 서글프다

후레대학교

몽골
울란바토르 삼 구역에
정보통신이
정보화 사회가
지식사회가
다가온다고 나팔 불며
후레대학교가 서 있다

참삶의 진리가
여기 있다고
하나님의 사랑과 예수님의 희생이
세상을 밝히는 빛이라고
속삭이며
횃불 들고 전진하는
후레대학교가 여기 서 있다

여리고 성의 함락을 기다리는
여호수아의 행진처럼
조용조용한 발걸음으로

내일을 세우는 사람들과
행복을 꿈꾸는 젊은이들
후레대학교는
몽골에 빛을 뿌리며 굳건히 서 있다

졸업식

철새들이 재잘거리다
떠나가는 둥지
먼 하늘
건너야 할 대양
꿈이 서려 있는 대륙

아직 나는 법을 잘 몰라도
그래도 들뜬 마음으로
날갯짓을 하며
뜨거운 눈빛으로
하늘을 본다

조금은 기쁘고
조금은 서글픈 얼굴들
증서를 주며 악수를 나누고
가슴에는 배지와 함께
꿈을 달아준다

소리쳐 축하하고

힘주어 부탁한다
꽃다발에는
두려움과 희망이 함께 묶여 있는데
그걸 승리라고 부르자

사랑하고 이해하고 도와가며
함께 살아가야 할 세상
비록 빛이 안 보여도
그곳으로
담대하게 날개를 펴라

가벼움

이렇게 한없이 편한 것은
모든 걸 다 버렸기 때문입니다
가지려고 할 때 괴로웠고
가질 수 없을 때 불안했는데
이젠 가진 것 없이도 행복할 줄을
배웠습니다

마음이 무거울 땐 몸도 무거웠는데
마음의 짐 다 버리니
몸도 가벼워 아주 좋습니다
마음과 몸이 가벼워져서
갈 때는 가볍게 떠날 수 있을 것 같아
행복합니다

몽골에서 보낸 십 년

2001년
가라는 사람 없어도
보내졌고
2011년
떠나라는 사람 없어도
돌아가야 하는 길

몽골의 삶을 뒤돌아본다.
한숨과 눈물
기쁨과 감사
환희에 울다가
박수에 웃다가 지난
십 년 세월 모두
그분의 힘이 이끌어 준 기적이다

온 시간이 지나면
갈 시간만 남는 것
한 일은 보잘것없고
몸과 마음은 지칠 대로 지쳐

미련만 남는데
한밤중에 비행기를 타고
울란바토르를 떠난다

오늘 마음

오늘 운동장에 부은 시멘트 바닥 위에
강아지가 멋모르고 껑충
지문을 남기고 갑니다

호흡도
흔적도
아무것도 남기고 싶지 않은 마음

먼 하늘에
떠있는 태양이
따사로운 오후입니다

2

시월의 울란바토르

거리에 눈이 내린다
가난한 주머니 속으로 눈이 내린다

시월의 울란바토르

인민혁명의 총소리가 들리는
스쿠바타르 광장을 지나
걸어서
조금도 평화스러울 수 없는
평화의 다리를 건너간다
털털거리는 버스가
먼지를 날리며 지나간다
지친 발걸음이 무거운 사람들의 눈앞으로
자이승 기념탑이
아무 감흥도 없이 다가선다

텅 빈 나담축제 경기장을 지나며
말달리는 소리 말 우는 소리
사람들 아우성 소리
7월의 함성을 듣는다
그렇게라도 오늘을 위로받고 싶다
거대한 깃발이
하늘 높이 펄럭이고
보그드 산에 앉아있는 칭기즈칸은

몽골 사람들의 배고픈 마음을 달랜다

제트 구름이 하늘에 얼고
시월의 울란바토르는 춥기만 하다
다가올 날들이 지나온 날들보다 더 힘 드는 시간
거리에 눈이 내린다
가난한 주머니 속으로 눈이 내린다
한 겨우내 녹지도 못하고 얼어붙을
눈이 내리는 시월의 울란바토르
다가올 영하 40도의 추위가 무서워
처량한 외국 나그네
가슴이 벌써 썰렁해진다

토요일 오후

빈 학교
빈 사무실에 혼자 있으면
반은 행복해서
졸음이 온다

무엇하려 왔으며
무엇을 하고 있는지
목표도 계획도 잊어버리고
표백된 머리로 앉아있다

필요한 건 많고
하고 싶은 것은 더 많은데
가진 건 없고
되어지는 것은 더 없다

토요일 오후
반은 행복해서
다 잇고
쉬고만 싶다

◈ **토요일**: 하가스생 오도르(반 행복한 날)

이흐후레

언제부턴가
까마득한 옛날 델을 꽁꽁 묶어 맨
훈족들이 살다가
놓고 간 울타리
거기엔
개나리도 진달래도
피지 않았다

거지 발싸개에다
고타르 신고
헐레벌떡 다가오는 겔 앞에
콧물 흘리며
떨고 서 있는 어린것
강아지 한 마리
꼬리 치고 반기는데
가슴에서는 단내가 난다

◈ 이흐후레: 큰 울타리(몽골의 옛 수도이름)

솔롱고

솔롱고는
솔롱고스에서 뜬다
일곱 가지 소박한 꿈과
일곱 가지 황홀한 미래가
솔롱고스에서 시작된다

수많은 몽골리안들이
솔롱고를 찾아
솔롱고스로 가고
거기서 꿈을 심고
내일을 캔다

가조르트에 뜨는 솔롱고도
나이남달에 걸린 솔롱고도
일곱 가지 소박한 꿈과
일곱 가지 황홀한 미래를
솔롱고스에서 날라다 준다

✧ 솔롱고: 무지개 / 솔롱고스: 코리아(한국) / **가조르트, 나이남달**: 지역 이름

비가 내린다

오랜 세월 사막으로 변해가는
몽골의 산하
후두둑
사랑이 내린다

이십 년 전에 버려진 공장
무너진 담 너머
후두둑
희망이 내린다

세찬 바람이 휩쓸고 지나간
십 년 두고 죽어갈 들풀 위
후두둑
생명이 내린다

봄이 온다

어느새
하얀 태양이 연둣빛 안개로
나뭇가지에 내려앉고
끽끽 붉은 부리 까마귀가
봄을 운다

얼어붙은 시간이
쫓겨 간 거리에는
뿌연 황사가 나르고
하얀 구름은 느린 걸음으로
자이승 언덕을 넘는다

견디기 어려운 추운 겨울이
꼬리를 감추며 달아난 울란바토르
덜거덕거리는
낡은 자동차 소음 속으로
봄이 온다

비 내리는 칭기즈칸 공항

눈물 흘리며 떠나는 사람과
눈물 흘리며 보내는 사람이
비에 젖는다
칭기즈칸 공항

남은 사람은 남은 삶이 서글퍼
가는 사람은 지난날이 괴로워 운다
비 내리는 공항에서
하늘을 본다

제트 엔진 소리는 빗소리에 멀어지고
아무 인연도 없는 사람들의
표정없는 눈망울에도 이슬이 맺힌다
정이 비가 되어 내린다

기다림

바람 부는 산자락에 서서
흔들리는 마음을 잡는다
영겁을 버티고 앉은 바위 위에
이끼가 끼는 세월

산새마저
지쳐 울고 가는 하늘
노란 구름만 흐르고
기약 없는 시간을 붙잡고 슬프다

늙은 태양은
힘들게 산언덕에 걸려 넘는데
허리 굽은 소나무 등걸엔
또 하나의 나이테만 는다

길 없는 길에서

방향을 잃고 서서
한탄해본다

세찬 바람이 휘 뿌리는
황량한 벌판

왜 왔을까
여기까지

한 발자욱도
더 나갈 수 없고

뒤돌아설 수도 없는
길 없는 길

울 수마저 없어
가슴만 답답하다

겨울의 Nuhut

앙상한 겨울나무가 있고
하얀 눈이 있고
향긋한 커피가 있고
따가운 냉기가 있어
좋은 곳

몽골의 삶이 외로울 때
하는 일이 힘들고 어려울 때
조용히 기도하고 싶을 때
아무도 몰래 찾아와
한참을 서성이는 곳

여기에 겨울이 있고
눈 덮인 산이 있고
외로움을 달래주는
Nuhut가 있어
참 좋다

◈ Nuhut: 산골짝에 있는 휴양소

굴뚝새가 되어

태양이 없다
울란바토르 겨울 하늘
영하 40도
시커먼 석탄 연기 속에 희미한 빛
겨우 숨을 쉰다

연기를 먹고 산다
검정으로 뭉갠 허파
가슴 답답한 두려움
찍찍거리는 숨소리
생명을 갉아먹는다

올무에 발이 걸린다
끝도 없는 고통
파닥거리는 날갯짓
멍에를 벗으려는 발버둥
나락으로 떨어져 운다

고비사막

몇 고비나 넘어야 고비에 이르나
고려의 여인들이 울며 넘은 고비
고비사막
모래밭 위로
비행기가 내린다

겔들이 늘어선 고비사막 휴게소
문 없는 거북한 화장실로
변비 아저씨가
변비에 걸린 고비를 해결하려
열두 번도 더 드나든다

조랑말 등에 앉으면
고비사막 독수리 계곡
하늘이 안 보이고
독수리도 안 보이는
독수리 없는 고비 독수리 계곡

바위가 온통 모래가 되는

사람이 살지 않았던 긴 세월
바람이 어디서 오고 어디로 가는지
고비사막엔
산이 있다가 없고 또 없다가 있다

공룡들이 놀다가 두고 간
뼈 화석 조각이
바람에 굴러 흩어지는 고비사막
변비아저씨가
고비 고비를 힘들여 걸어 넘는다

또 만나는 하루

아침이 오면 근심도 같이 온다
눈뜨고 싶지 않은 아침
아무 말도 할 수 없는
아무 말도 나오지 않는
답답함을
기도로 드린다

오늘 하루
또 무엇이
내 길을 막고 서 있을까
지친 걸음으로 무거운 몸을 끌고 갈
또 하루의 삶을
기도로 드린다

3

따라갈 수 없는 길

혼자 종종걸음쳐

울 틈도 안 주고 가셨습니다

몽골의 빛

- 전의철, 김광신 장로 송별에(2001.9.17.) -

긴 세월 두고
너무 어두워
빛이 그리운 땅이었다
살아갈 향방을 모르고 허덕이든
눈감고 귀마저 닫고 살아온
배고픈 땅 이었다.
그렇게 긴 세월 동안
참 세상을 모르고 살아온 사람들

그 사람들 사이로
일곱 해 전에
빛 들고 들어온
현인들이 있으니
상처 난 몸과
허물어진 영혼을
싸매고 위로하는
생명의 빛을 들고

이 세상의 삶보다

더 귀한 삶이 더 좋은 삶이
하늘나라에 있음을
깨우치기 위하여
노구를 이끌고
육으로 영으로 먹이신
그분들의 삶을
우리는 존경한다

몽골의 빛
진리의 빛
그 빛은 영원히 꺼지지 않는
빛으로 남아
이 땅을 비출 것이다
비록 그분들은 떠나고
우리도 뒤를 따라 떠나도
오고 또 오는 세월 동안 계속해서

몽골의 방주

- 하나님의 어린양교회 및 MMC Center 봉헌(2003.8.5.) -

칭기즈칸이 말달리던 초원
사르하트 언덕 위에
오늘의 노아들이
방주를 지었다
바벨탑을 쌓든
벽돌을 쌓아서

젊은 희생의 꿈을 실현하려
하늘을 우러러
눈물과 무릎으로
밤 지새운 기도와 정성으로
방주를 지었다
오늘의 노아들이

은혜 하늘에서 이슬같이 내리고
하나님 함께 계서서
힘들고 어려울 때
즐겁고 편안할 때

언제든지 도와주신다
복에 복으로

욕심과 명예와 교만의 바벨탑을
무너트리고
도둑맞은 영혼을 찾아
이 전에 발을 담그면
아무나 누구든지
존귀한 사람으로 바뀌리

굶주린 몸과 굶주린 영혼이
이 문안에서 풍요해지면
그들이 하나둘
씨앗으로 썩어
칭기즈칸의 후예들 모두
눈 뜨고 일어나리

열림교회

- 열림관 봉헌(2005.7.25.) -

아무도 열 수 없는 문을
여는 성도들

하늘을 향해
가슴을 열고
영안을 열고
입을 여는

이웃을 사랑하여
사랑을 퍼주고
주어도 마르지 않는
가루통 기름통을
간직한 교회여

누구도 맺을 수 없는 열매를
열게 하는 성도들

씨를 뿌리고
손과 발로 뛰며

일구고 가꾸어
열매를 기다리는

메마르고 척박한 땅에
가나안 포도송이
열매를 열게 하고
한없이 나눠주는
행복한 교회여

바른살라

- 바른살라 교회 봉헌(2005.8.31.) -

바르게 살라고
동내 이름마저 바른살라
거기 십자가를 세우는 날
서울 예수사랑의 사랑들이 모였고
몽골의 믿음들이 기도했습니다

초대교회의 낡은 겔은
비바람에 흔들리고
세 시간 반이나
빗길을 걸어온 어린것은
기쁨과 추위에 떨고 섰습니다

죽음 앞에서 삶의 광명으로 돌아선
어른과 아이들
생전 처음 듣는 노래와 말씀으로
이젠 아무래도
바로 살기로 작정했습니다

따라갈 수 없는 길

- 크리스토퍼 곽 교수를 추모하며(2008.9.22.) -

당신이 가시는데
우리는 동행할 수가 없습니다
그 길은 하나님의 초청장이 없이는
아무도 갈 수가 없기 때문입니다

영원히 사는 길이면서
남은 자들은 함께 할 수 없어 슬프고
누구나 가야 하는 길이면서
혼자서는 너무나 외로워 가슴 아픕니다

당신은 몽골에 생명을 심고
생명을 연구하고
어린 생명들을 사랑하다가
혼자 종종걸음쳐
울 틈도 안 주고 가셨습니다

선교사의 짐을 지기 위해
잘나가던 사업을 접고
혈혈단신 몽골의 열악 속으로 뛰어드시어

병 얻고 수술하고 그래도 그 마음 못 버리고
또 오셨다가
그만 영원한 순교자의 길로 가셨습니다

당신이 가신 그 길
십자가 지신 예수님의 길
우리는 하나님이 오라 하셔도
도무지 당신처럼 갈 수가 없습니다
그 길은 너무나 고상한 길이기에

종아일 새 강

- 신천 종아일교회 봉헌(2008.10.1.) -

울란바토르 종아일에
십자가 높이 세우고
하나님께 바쳐 드리는 날
성령의 새 강이
여기서 발원하네

떨기나무 기적으로
모세를 부르시고
가라 내 사랑하는 백성을 구원하라
명령하시던 그 말씀으로
불러 보내신 노종

눈물로 밤새워 기도하고
손등이 터지도록
벽돌과 시멘트로 낮을 보내고
구분허리로 엎드려 흘리는
감사의 눈물이 새 강을 이루네

시냇가에 심긴 나무가

가뭄에 시들지 않음같이
새 강은 새 삶의 터전이 되고
하늘과 마주 닿아
영원한 구원의 방주가 되리니

오고 오는 세월
하 많은 생령들이
가르치고 전파하고 병 고치는
예수님 닮아
온 땅을 덮는 성령의 강으로 넘쳐나리라

4

네르구이

호랑이는 죽어서 가죽을 남기고
사람은 죽어서 부끄러움을 남긴다

네르구이

한 아버지가
아들을 낳고
이름을 지었다
네르구이

남기고 싶지도 않고
남길 일도 없는
존재의 의미
이름

호랑이는 죽어서 가죽을 남기고
사람은 죽어서 부끄러움을 남긴다

없어도 되고
있어도 버릴
이름
네르구이

◇ 네르구이: 이름없음

양들의 꿈

눈 쌓인 언덕에서
눈을 헤치며 마른 풀을 뜯는
죽다 겨우 살아온
불쌍한 양들의 꿈에는
만물이 같이 살아올
봄이 있다

봄은 아직도 멀리 있는데
양들은 봄만 꿈꾼다
살고 싶어
언젠가 꼭 오고야 말 봄
어제 죽어간 동무를
그리워한다

다시는 오지 않을 어제
다시 보지 못할 벗들
그래도 내일은 있다
다시 살아갈 봄은
다시 온다는 것을
양들은 알고 있다

Peace valley

철새가 먼 북극에서 날아들어
헤엄치다
소리 내며 줄지어 날아가는
평화스러운 계곡

호수 가에
낚시 드리운 중늙은이 어깨너머
회색빛으로 저무는
초겨울의 호수가 평화롭다

쓰디쓴 커피 한잔에
뜻 없는 대화와
잎 떨어진 이름 모를 나무
나무 사이로 넘서기는 붉은 지붕

어쩌다 지나가는
피로에 지친 나그네
낡은 피크닉 테이블에 앉아
평화를 꿈꾼다

◈ 미 필라델피아에 있는 공원

Red wood

빌어 탄 차를 몰고
붉은 숲을 지나면서
내 존재의 가벼움을 숨 쉰다
언제 어떻게 지나갈지 모르는
짧은 시간

바퀴 자국은 남고
수 천 년 태고의 고요가
호흡을 짓누르는데
한 가족이 차를 세워 둔 채
태고를 담고 있다

아무리 아등거려도 별수 없이
사람은 가고 세월은 남고
역사는 땅 위에 퇴적되어
붉은 숲에는 이끼가 낀다
영원한 시간

◈ 미 캘리포니아에 있는 국립공원

무제

조급함이었다

숨이 차온다
가슴이 답답하다

하늘을 날아오르고 싶다
먼바다가 그립다

몸은 땅 위를 기고
마음은 먼 산을 넘는다

꿈 이였다

잊고 싶지만 잊혀지지 않는
갑갑함이었다

뒤를 봐도 앞을 봐도 그저 캄캄한 터널
시작도 끝도 보이지 않는다

세월

먼 거리에서 찾아온
친척처럼
반갑고
그러면서도
만나고 싶지 않은
빚쟁이 같은
낯설음
서쪽 하늘로 날아가는
구름처럼
흩어져 없어지는
아쉬움이여

오는 강

뭉근머르트
발치에 감겨 흐르는 강
낮에는 구름이고
밤에는 별을 품으며
수 없는 세월을 지켜 흐른다

먼 이국에서 찾아온 나그네
수 천 년 전에 떠나간
조상들의 고향
머물 줄 모르고 흘러가는
강물에 손을 담근다

오논 강가
시간에 마주 서서
오는 역사를 잡으려고
허우적거리는 나그네의 손짓
역사가 둥둥 떠내려간다

유산

가는 길에
두고 갈 것 없어
마음만 남겨두고
가렵니다

허무

여기 허다한 세월을
허비한 늙은 몸이
진저리치며 올라온
고갯마루에 서서
긴 휘파람 호흡을 내뱉으면
어리석은 헛꿈 꾸며
힘들게 걸어온 삶이
왜도 이렇게 무거운가

뼈개져 내리는 머리며
쏟아져 오는 눈이며
터져 부서지는 가슴은
천만 근
쇳덩어리 달고
회한과 아쉬움 초조함이
서로 어우러져 온다
무덤으로 가는 길목에서

헛걸음

가야 할 길은 먼데
가보면 헛걸음
와야 할 길도 먼데
와보면 헛걸음
오고 가다가 세월만 흐르고
인생은 헛되이 늙어만 간다

상처

긴 겨울을 견디며
울고 나르든 철새들
떠나간
벌판에
혼자만 남은 외로움

사방을 둘러봐도
아무도 안 보이고
갈 곳 없는
나그네
슬프디슬픈 황혼

5

팔순이 되면

팔순이 되면 그때 내 노래를 부르고 싶다
지난 세월이 감사했노라
지난날들이 기쁨이었노라

팔순이 되면

그때까지
살아남을 수만 있다면
팔순에는
나는 꼭
시집을 내고 싶다

뇌세포는 하야케 바래
기억나는 일보다
잃어버린 것이 더 많겠지만
그래도
팔순에는
그때 내 노래를 부르고 싶다

지난 세월이 감사했노라
지난날들이 기쁨이었노라

이미 떠나간 친구들에게는
나도 곧 가겠노라고
남은 사람들에게는

잘들 있으라고
손들어 흔들며 떠나고 싶다

걸음마

비틀비틀 움직인다
한발은 들고
한발은 굳게 세운다
하늘이 노랗다
하얀 새벽에
까치가 울고 가는 꿈을 꾼다
걷고 있다
한 발인지
두 발인지 모른다
어른거리는 그림자
세상이 빙글빙글 돌아간다

내 꿈은 오늘이다

평생 두고
삶의 무거운 짐을 지고 걸어온 먼 길
그 짐 속에는 언제나 오늘이 있었다

어제는 아무리 좋았어도 이미 지나갔으니
그냥 역사로 묻히고
내일은 아직 오지 않아서 내 날이 아니다
내 꿈은 오늘이다

나는 스스로 묻는다
아침에 날아다니는 하루살이를 보았느냐
저녁에 어둠 속으로 사라지는 석양을 보았느냐
시간과 인생의 함수관계는 무엇인지
기적은 어디에 있는지

오늘이 기적이다
나는 오늘 아침에
또 하나의 새 꿈을 꾼다

눈이 오네

눈이 오네
일찍 일어나 창밖을 보며
당신과 나란히 서서
중얼거린다
또 하루의 삶이 허락된
눈뜨는 감사
눈이 오네
꽃가루가 날리듯
삶이 산화하는 아침

새삼 당신이 있어 고맙고
나란히 서서
눈이 오네
말할 수 있어서 감사한데
언젠가 그때가 되면
당신이나 나나
눈이 오네
창밖을 보며
혼자서 중얼거리겠지

당신과 함께 살아온 50년

1.

겨울 파도를 타고 사랑이 왔다
눈 내리는 산길에서
성탄 송 부르며 뜨거웠든 마음
스무 살 젊음이
팔십 고개 언덕을 바라보며
헐떡 숨을 쉬는 시간
오늘도 그 사랑이
자라나는 공간에
가슴은 여전히 뜨겁다

2.

비 내리는 노고산에서
코스모스 피는 가을
낙엽 주우며
속삭인 사랑 이야기들
지금도 귓가에 스멀거리는데
시간은 벌써 어둠을 알리는 황혼

그래도 좋다
그래도 감사하다

3.
차 한 잔 놓고 올리는 결혼식
더 가난할 수 없는 신랑과 신부
그래도 행복하게 나란히 섰다
50년 지난 지금 생각해도
너무 초라한 내 모습이
당신에게
미안하고
고맙고
안타깝다

4.
수원성 팔달산 아래
보금자리 틀고

꿈꾸던 시간
당신은 어리석은 사랑에 속고
나는 당신을 속이면서
훗날만 이야기했다

5.

문풍지 얼어붙던
개봉동 냉골 방에서
아들 얻어 기뻤던 시간에도
가난에 찌든 어리석은 남편을 믿고
따라온 당신이 고마워
눈물로 기도로
내일을 바라고 견뎌 왔다

6.

사랑의 결정체
아들 하나 딸 둘

우리는 무한히 행복했다
아들은 소설가로
큰딸은 철학박사로
막내딸은 건축설계사로
손녀 하나 손자 셋
하나님은 우리에게
큰 복을 주셨고
장수까지 주셨다

7.
박사학위 받고 교수 되고
장로 되고 총장 되고
선교사 되어 살아온 삶
사람들은 그게 무슨 벼슬이냐고 하겠지만
사람들은 재산을 얼마나 모아 놓았느냐고 묻겠지만
그 무엇보다도 감사한 것은
나름 최선을 다해 부끄럽지 않게 살아온 삶이다

8.
당신은 어머니로
유치원 원장으로
교회 장로로
여선교회 연합회회장으로
존경과 선망과 고상한 인격으로
세상을 이겨왔다
힘들고 어려운 긴 세월 동안을

9.
비행기 타고 떠난 고국
영하 40도가 넘는 추위도
우리의 마음을 막을 수는 없었다
정년이 지난 후 새로운 삶
당신과 힘 모아
있는 것 없는 것 다 모아
몽골에 대학 세우고
최선을 다해 살아온 10년 세월

병들어 견디기 힘들었던 10년
그래도 그때 그 시간이 감사로 남는다

10.
10 수년 동안 병원 신세는 지고 있지만
하나님은 그만하게 건강을 지켜 주시고
우리는 꿋꿋이 이겨왔다
감사하며 사랑의 힘으로
앞으로 더 건강하게
더 꿋꿋하게 견디고 이기자
주어진 삶을 마감 할 때까지
세상을 사랑하고
이웃을 사랑하고
자녀를 사랑하고
우리 서로 사랑하며
믿고 견디고 기도하자

11.

남들처럼 가족 친지 모여앉아
축하연은 못해도
아들딸들이 마련해준 금혼여행
이시카기 섬 카비라비치에서 보낸
사박오일의 휴식
눈감고 지나온 50년을 회상해 본다
감사기도를 드린다
얼마나 행복했던 세월이었나
하나님 초대받고 가는 날까지
그때가 언제며 얼마나 남았는지는 모르지만
주어진 시간 동안
평안의 노래를 부르며 살자

당신은 누구입니까

한 할머니가
공원 벤치에 앉아
나를 보고 묻는다
당신은 누구입니까

꿈이었을까
한참은 꽃이었는데
어디선가 본듯한 얼굴인데
가물가물 떠오르다가
사라지는 기억
그 할머니는 외롭다

꿈에는 잘도 생각났는데
눈만 뜨면
캄캄하게 다 나라가 버린 기억
하얀 머리로 묻는다
정말 당신은 누구입니까

전에는 내가 누군지

잘 알고 있었던 것 같은데
이제 나도 내가 누군지
도무지 모르겠습니다.

지명수배

10월 말 어느 날 아침
전철이 을지로 입구에 섰다
차에서 내린 나는
오랜만에 내려선 지하도에서
롯데 백화점 쪽으로 몇 걸음 걸어가다
뒤돌아서
시청 지하상가 쪽으로 걸음을 옮겼다
방향을 착각하고

어설프고 초라한 모습
구부정한 허리
뒤뚱거리는 걸음걸이
헐렁한 양복
천상 헛 꾸민 촌노처럼 보이거나
남의 옷 훔쳐 입어 억지로 꾸민 꼴로
거짓스러워 보일 만했을까

젊은 경찰 복장을 한 사람이
내게 경례를 한다

'신분증 좀 보여주십시오'
강압적이다
예의가 없다
'뭐요 별 이상한 일도 다 있네'
나는 지갑을 꺼내면서
허망한 생각이 든다
내가 평생을 학자로 살아왔고
아무리 어수룩하게 살아왔어도
세계 어디에 가서도
길가다가 이런 수모는 처음이다

하는 수 없이
주민등록증을 꺼내보인다
여든 살이 다된 생년월일이
거기 인쇄되어 있다
어리둥절한 내게
그 젊은 순경은 어색한 듯이
'요즈음 이 근처에서 배회하는
지명수배된 사람이 있다고 해서

본인이 모르는 사이에
지명수배되는 경우도 있습니다'

맞다 네 말이
살기 힘들어서
남을 속여 빼앗았거나
저도 모르게 어떤 범죄에 말려든
아마 나 같이 못생긴 늙은이가
곱슬머리 안경 쓴 허름한 늙은이가
이 근처에서 배회하고 있었겠지
그 친구
경례하며 주민등록증 돌려주고
미안한 기색도 없이 돌아선다

'야 이놈아 내가 누군 줄 알아
내가 대학 총장 출신이다
그래 그게 뭔데
그런 놈은 죄도 안 짓는다더냐'
스스로 말하고 스스로 대답한다

정말 나는
지명수배된 자가 아닐까
갑자기 정신이 혼미해진다

분명히 나는
지명수배 중이다
하늘나라에서부터
거기 내 명부에는
수만 개도 넘는 죄목이 적혀있고
그 죄를 내가 전연 모르거나
모르는 척하고 살아왔다
이 지구를 떠나는 그날까지
이 모양으로 수배된 채 살고 있지 않을까

더 어수룩해지기 전에
더 허름해지기 전에
더 바보같이 보이기 전에
누군가 나를 지명수배자로 알아보기 전에
자수해야 한다

'하나님 나를 용서하시고
그 지명수배자 명부에서
제외하실 수는 없을까요
제 모든 죄를
알지도 못하는 죄까지
이렇게 울며 자복합니다'

부고란을 보며

언제부턴가 나는
조간신문에서 꼭
부고란을 챙겨 읽는다

아는 이름을 찾는다
잊혀진 우정을 찾는다
언젠가 거기 활자로 찍혀 있을
내 이름을 찾는다

왔으면 가야 하고
만났으면 헤어지는 섭리
하나님의 창조를 본다

그날 이후
이 땅에서는 사라지지만
영원하고 아름다운 나라
거기 등록될 내 새 이름을 본다

쓰레기를 버리며

토요일 아침
분리수거 봉투를 들고
서둘러 아파트 광장으로 나간다

슈퍼 진열장에서
그렇게 당당하고 보기 좋게
진열됐던 모습은 간 데가 없다

구겨지고 찌그러지고
빈털터리 껍데기로 남아
이제 버려져야 한다

더러는 불태워지고
더러는 땅속에 묻이고
더러는 몰래 바다에 던져지고

아주 더러는 공장에서 두드리고 녹이고 다듬고
다시 태어나서
진열장으로 가겠지

구겨진 신문지에서
30번째 또 감옥으로 가야 하는
쓰레기 인간의 모습을 본다

아직 잡지 못한 초 재범들
양심을 속이는 인간쓰레기
어디에 버리고 어디서 재생하나

네 힘으로 걸어라

성전 앞마당의 젊은이
돈이 필요했다
그보다 더 간절한 건
걷고 싶은 마음
금과 은은 없지만
내가 가진 것으로 주겠다
나사렛 예수의 이름

네 힘으로 걸어라

내가 가진 것
꼭 필요한 이에게 줄 수 있는 것
희망이다 용기다
환한 웃음과 따뜻한 위로
마음에서 울어나는 조건 없는 사랑
먼저 손 내미는 용서

네 힘으로 걸어라

6

가을 하늘 구름

눈물 한 방울 핑그르르

뒤돌아보니 빨리도 지나간 시간

가을 하늘 구름

낙엽을 밟으며
아침 산책을 하다가
문득
동쪽 하늘을 쳐다보면
높은 하늘에 흰 구름 한 점
천천히 남쪽으로 흘러가는데
은은히 들려오는 가을 노래
무언가 그리운 마음과
무언가 슬픈 마음이
가슴을 뚫고
가을바람처럼
싸늘하게 새어 나가고
눈물 한 방울 핑그르르
뒤돌아보면 빨리도 지나간 시간

새가 운다

이름 모를 새가
태고의 소리로
아침을 깨운다

길 잃은 세월
외로움이 서린
구슬픈 울음

먼 조상의 혼으로
옛날처럼 지금도
태고의 울음을 운다

무인도

어디서부터 떠 내려와
여기 닻을 내리고 서 있나
영겁을 버티고 지켜온 뿌리
무서운 파도를 견뎌온 혼
영원으로 남았다

하늘도 잊었고
세월도 포기한
바다 한가운데 버려진
슬픈 시간
먼 등대를 벗 사마
밤마다 포효로 운다

어제 낮에는
구름이 아픈 다리를 쉬어가고
오늘 황혼엔
늙은 태양이 허리를 펴며 넘고
내일 밤에는
달과 별이 외로움을 달랜다

새벽닭이 운다

새벽닭이 운다

서쪽 반 하늘에 걸린
그믐달
내 어린 날 새벽처럼
내 늙은 날 오늘에도

새벽닭이 운다

하늘도 달도 그대로인데
변한 건 강산이다
변한 건 나다
떠나간 사람이 그리워

새벽닭이 운다

소쩍새

누구를 위한 기도인가
밤새워 운다
소쩍소쩍

그 울음엔 소원이 있고
온 우주를 품었다

목이 터지고
눈물이 쏟아져도
어디에서도
응답은 아직 없다

그래도 공간에 퍼져가는 울림
그 기도로 밤을 새운다
소쩍소쩍

장맛비

하늘에 구멍이 나서
물을 항아리로 퍼붓는데
하느님은
다시는 물로 세상을 멸망시키지 않는다고

생명은 물에서 나오고
그 생명은 죄 때문에 사라진다

캄캄한 밤에 번개와 천둥이
온통 땅을 뒤흔들고
죄 많은 인간은 숨을 곳을 찾지만
할 일 없이 비만 맞는다

어디에서인가는
하늘이 산처럼 무너져 오고
밭을 보려 나온 노인이
하늘에 깔려 저세상으로 떠났고
기도하던 목사님도 하늘로 갔다

비는 여전히 노아의 가족과
노아를 비웃든 사람들을 갈라놓는데
그들은 오늘도 비가 세상을 벌한다고
믿는다

조개껍데기

무슨 생각을 했을까
좋았던 시절
과거는 다 잊었는데
그래도 그냥은 떠내려갈 수 없어
이제도 찰랑이는
바다 가에
껍질로만 남아
그 속에 파도소리를 심고
옛 노래를 부른다

국화

구수한 향기를
가슴으로 맡는다
먼 옛날의 추억
그 가을의
한날이 그립다

아무도 보지 못하는
언덕에 피어
나를 유혹하든
그때 그 향기
지금도 내 가슴에 남아 있다

어쩔 수 없이
늙어 가던 날
낙화로 떨어져 굴러도
그 향기
아직도 나를 설레게 하고 있구나

낙엽

봄에는
꿈과 희망이었다

산에서 불어오는 산들바람
새 깃털을 적시는 봄비
아지랑이와 별빛에
연한 잎이 꽃처럼 피어난다

여름에는
정열과 아픔이었다

뜨거운 태양과 세찬 비바람
뿌리째 흔들리는 괴로운 시련
그 속에서 멍드는 초록빛은
당찬 생명의 노래다

가을에는
회한과 고뇌였다

고개 숙인 겸허로 익어가는 열매
지난 시간을 음미하며 잊혀져 가는 허무
오늘은 낙엽이 되어
가벼운 마음으로 떠나간다

코스모스

시간 속을 떠돌다
가을바람에 날려 가라앉아 있다
빨갛게 하얗게

어제 시집간 누이의 수줍음 같은 모습
이슬에 젖어 사랑의 시를 읊조린다
행복한 시간

어디에선가 날라 온 나비가 열심히 구애해도
조용한 미소만으로 대답한다
코스모스

매일 같이 있어도 그리운 사람
두고두고 이어갈 사랑을 노래한다
오래도록 잊지 못하는 그날

KTX를 타고 간다

KTX를 타고
고향 산하를 달린다
누렇게 익어 가는 들판을 보며
배고픈 형제를 그리워한다

터널을 지나며
갑갑한 시야에서
영원으로 이어지는
빛의 소리를 듣는다

산이 있고
강이 있는 우리들의 땅
몽골에서 느낄 수 없는
감상에 젖는다

달리는 차창으로는
괴로움이 더 많았던 시간
내 살아온 과거가
스멀스멀 기어나온다

5초의 기도

세상을 떠나려고 눈을 감을 때
5초 동안 기도가 허락된다면

"나는
빚쟁이입니다
사기꾼입니다
도둑놈입니다
그래도 주님만 믿습니다"

이 한마디밖에

벌레

꾸물꾸물
허리를 펴며 기어오른다
어디까지 가야 하나
언제까지 가야 하나
아무리 작아도
아무리 느려도
우주 저쪽
영원으로 가는 길
꿈이 있다
삶이 있다

7

바다가 내게 말한다

모래 위에 내 삶의 궤적을 그린다
다시 들어오는 밀물에
다 씻겨 없어질 궤적을

바다가 내게 말한다

고향
이제 막 썰물이 시작한 바닷가 모래밭을
아내와 둘이서 걷는다
창세부터 떠밀려오고 떠밀려간
바다
찰랑거리는 바다는
조용히 내게 속삭인다

참 오랜만이네요
어려서 벌거벗은 맨몸으로 내 품에 안겼는데
이제 허리 굽어져
사랑스러운 아내와 손잡고 같이 걷고 있네요
행복했었는지
사랑했었는지 묻지 않겠습니다
다만 오늘까지 살아왔으니
그것이면 만족하지 않겠습니까
그동안 무얼 했는지
어디에 있었는지도 묻지 않으렵니다
이렇게 다시 찾아 준 것으로 감사하니까요

어느 날 당신들이 저세상으로 가고
세월이 무수히 흘러간 그 후에
당신 고향 자월 장골 바다는
그대로 남아
낯선 사람들이 발 담그고 가겠지요
안녕히 가세요
당신들의 발자취를 기억할 겁니다

그래도 나는 오늘을 걷는다
사랑하는 아내와 따뜻한 손을 잡고
영원처럼 먼 날들을 바라며
기도하고
모래 위에 내 삶의 궤적을 그린다
다시 들어오는 밀물에
다 씻겨 없어질 궤적을

생명의 찬가

새벽 다섯 시
들어보지 못한
요란한 소리에
꿈을 깬다

온 세상이
소리로 가득하다
자연이 깨어나는 소리
아침이 일어난다

이름 모를 풀벌레들
새들
온통 목청껏 울어댄다
세상이 시끄럽다

자연이 오케스트라를
연주하는 새벽
나무가 눈을 뜨고
풀이 일어선다

어제 죽어간
하루살이의 혼이
스멀스멀 땅속에서
기어 나오는 시간

영원에서 영원으로 이어지는
순간순간
삶과 죽음의 계곡에서
모든 소리들이 일어나온다

화음 없는 소리의 조화로운 음률
노아 홍수이래
끝나지 않은 생명의 찬가가
세상의 신비를 깨운다

자유의 길

마당 끝 감나무 그늘에 앉아
뜨거운 여름 햇살을 피하며
사르트르의 자유의 길을 읽는다

여객기가 날아간다
하늘길을 따라
인천 공항으로
거기도 마지막 목적지는 아니다

길을 땅에도 하늘에도 있는데
가는 곳은 모두 다르다
가는 길을 모르고 가고
지나왔는데도 모른다
가야 할 길은 더 알 수 없고 막연하기만 하다

많은 영혼들이 떠돌다 흩어질 길
땅에서 하늘로 하늘에서 땅으로 길이 흐른다
몸도 마음도 정말 자유로워지는
보이지 않는 길
하늘로 가는 길을 찾는다

인고의 시간

버드나무 가지에서
한여름을
매미가 뜨겁게 운다

조상의 조상들이 흘린
뜨거운 눈물로 익어온 흙
길고 긴 인고의 시간

행복했노라
즐거웠노라
짧디짧은 하루

오늘 매미가 뜨겁게 운다.
터지는 목소리로
터지는 가슴으로

저무는 시간
밭둑에 앉은 나도
매미가 되어 하루를 운다

허수아비

1.
하늘을 향해 허세를 부리며
두 날개를 편다

새들이 날아와도 날아가도
허허 웃기만 한다

다 갖고 싶어도 아무것도 갖지 못하고
다 주고 싶어도 하나도 줄 것이 없다

허공만 바라보다가 어느새
텅 빈 대지 위론 어둠이 내린다

계절이 바뀌고 새봄이 와도
혼자만 슬프디슬픈 허수아비

2.
태고부터 퇴적된 고뇌를 이고 앉은

조상들의 땅
생명을 잉태하고 끈질기게 이어
태어난 알맹이

썩은 장대 위에 매달려
파수꾼의 노래를 읊조린다

촌로의 등 뒤에는 허리 굽은 태양이 어정이고
무심한 들새들만 지저귀고 넘는
먼 산언덕에서
누렁소의 울음소리가 게으르다

이런 삶이 남았으면

아름다움을 그리고
즐거움을 노래하고
함께 감사를 이야기하는
그런 삶이 남았으면

슬픔을 울고
괴로움을 견디고
미운 사람도 사랑하는
그런 삶이 남았으면

어떤 일을 만나든지
같이 울고 같이 웃을 수 있는
한 사람 같이 있어서 좋은
그런 삶이 남았으면

밤에 깨어나는 등대

빛이 있으라
빛이 있었다
그 빛이 생명이고
그 빛은 영원으로 인도하는 안내자다

별빛 하나 없는 칠흑 같은 밤
먼바다 끝에서 빤짝이는 등대
그건 신비였고 영혼을 흔드는
엄숙한 두려움 이였다

밤에만 깨어나는 빛
어두워야 더 빛나는 등대
그 빛은 이 세상 어두움을 비치는
길잡이가 되고 싶었다

하나에서 하나로 이어지는 선
캄캄한 밤에 더 빛나는 등대
그는 너무 외롭지만
길잡이가 되어 더 많이 행복하다

그냥 살아갈 나머지 우주

손잡이를 잡고 흔든다
열쇠를 비틀어본다
열리지 않는 문
이제는 문이 없다
캄캄한 하늘
들어갈 수도 나갈 수도 없다
가슴으로 폭풍이 휘감고 지나간다
북극의 냉기가 온몸을 얼려버린다
눈을 비벼 봐도 아무것도 보이는 것이 없다
곁에는 아무도 없고 돌아설 방향도 없다
열어야 할 문이 없다
문을 열 필요도 없다
여기는 안도 밖도 아니다
그냥 살아갈 나머지 우주

순간 갑자기 큰 공구가방을 든 한 사람이 나타난다
열쇠 뭉치를 드릴로 뚫고 뻐개고 부순다
새로운 열쇠뭉치가 달린다
부드럽게 열리는 문

이제는 문이 없다

환한 하늘

가슴이 희망으로 뻥 뚫린다

훈풍이 온몸을 휘감고 지나간다

건너편에 아름답고 새로운 세계가 보인다

빛나고 아름다운 색채가 쏟아진다

꽃이 피고 새가 날아간다

열어야 할 문이 없다

문을 열 필요도 없다

누구나 나가고 들어오는 꿈이 열린다

그냥 살아갈 나머지 우주

빨래를 너는 오후

늙은 속옷들이
만국기처럼
빨랫줄에 매달려
하늘에서 펄럭인다

소나기가 지나간 오후
가슴을 열고 묵혀온 더러운 기억들을
모조리 꺼내
하늘에 걸었다

시간과 더불어 산화해 버릴
버리고 싶었던 못난 내 삶
팔십 년 찌든 내 몰골이
어지럽게 펄럭인다

까치설날

겨울이다
까치설날
영하 17도
삭풍이 분다
창밖으로 보이는 산에
눈이 덮혀있다
까치가 날아간다
나무 꼭대기에 걸려있는
까치둥지가 외롭다
얼마나 추울까
어릴 적 고향 겨울이 생각난다

섣달 그믐날

밤중에 문을 열고 서서
떠나가는 손님을 손 흔들어 이별하고
오는 손님을 손 맞잡고 기쁘게 맞는다
뒤돌아보면
까마득하게 먼
80년의 지나온 아픈 마디마디들

그래도 이 밤은
어두움이 가고 밝음이 오는 시간
지난 일들은 모두 잊고
새날에는
사랑하는 사람과 더불어
모두에게 가슴을 열자

꿈을 꾸기에도 짧은 찰라
어떻게 생각 없이 흘려보낼까
사랑만 하기에도 부족한 남은 날들
어떻게 서로 미워하며 살 수 있을까
웃기에도 모자라는 시간

어떻게 울며 허비해 버릴 수가 있을까

있든 없든
그게 뭐 그리 대단한 일이라고
이 밤엔
거룩한 성호를 긋고
겸허하게
회개와 감사의 기도를 드려야지

아침바다

바다가 보인다
수채화 화판 같은
열린 창 넘어
은빛 날개에 아침을 얹고
갈매기가 난다
꿈 같이 고요한 시간

찡그린 내 모습이 보인다
근심에 찌들어
기도를 잃어버린 아침
다 버리고 떠나고 싶어
바다를 본다
아득히 멀기만 한 가야 할 내 길

8

성지에서

저 건너 보이는 구름다리 넘어

하늘로 맞닿은 영원한 나라

갈릴리 호수

새벽 5시 반
부지런한 새가 운다
그때도 그 새들은
울고 있었을까

잔잔한 호수
찰싹이는 파도소리에
사람을 낚는 어부가 돼라
부르시는 음성을 듣는다

호수 가운데 멀리
떠있는 쪽배 하나
새벽의 고요 속에서
물고기를 잡고 있겠지

깊은 데로 가 그물을 던져라
그 배 위에는
오늘의
베드로가 있을까

먼 곳에서 온 여행자
고요한 호수 면을 바라보며
그날의 부르심을
다시 듣는다

사랑

전에 만난 적이 없는데
외아들 잃고
가슴 터지게 우는
아픔을 보시고

아들아 일어나라

나인성 어귀에서
오늘도
장례의 행렬이
이어진다

사랑은 간데없고
기적도 간데없고

덩그마니 빈집으로
기념교회만 남아
사랑과 기적을 기다린다

어두운 마당에서
동정의 손을 벌리는
어린것들 몇
살롬을 빌며 버스를 탄다

구레네 시몬

Via Dolorosa
그 길을 가는 동안
V번째 곳에서
구레네 시몬을
만난다

억지로 진 십자가
로마 병사의 강압적 눈빛
손에든 채찍
지르는 고함소리
기죽어
힘없이 끌려 나오는
시몬을 본다

어깨 딱 벌어진
구릿빛 얼굴에
십자가 대신 지기
어울리는 외모

대신
십자가 지고 가는
구레네 사람 시몬
나는 왜 오랜 역사에서
그리고 주님의 고난의 길에서
이 사람이 마음에 끌리는지

주님의 그 고난 길에서
이제 그 무거운 십자가
대신 지고 갈 사람이 없다
그래도 누군가 지고 가야 할 십자가
주님은 부드러운 음성으로
당신을 부르신다
네가 이 십자가 지고 가지 않겠니

지고 있는 십자가
벗어 던지고 싶어
밤낮으로 고민하는 한 늙은이

이 Via Dolorosa를
기도하며 걸어간다

엠마오로 가는 길

엠마오로 가는 길에서
주님은 나를 따라오셨다
아무 말 없이
한참을 걷다가
너는 참으로 주님을 믿는가
그 한마디 무르시곤
말없이 떠나가셨다
그때까지도
나는 알지 못했다
그가 누구인지
뜨거운 가슴으로
말없이 말씀하시는
그 눈빛으로
나는 알았다
그분이 주님인 것을
그리고 돌아섰다
주님이 가라고 하신
그 길
영원히 사는 길로

Mensa Christi

물고기 잡는 베드로를
다시 찾아오셨네
배신자 베드로를
세 번씩 나는 그분을 모른다
부인한 그를

너는 나를 사랑하느냐
주님은 세 번 물으셨네
세 번 배신자 베드로에게
그리고 내 양을 먹이라
그를 세 번 다시 세우셨네

이 바닷가 언덕 바위 위에서
축복하셨네
게바 네 위에
내 교회의 터전을
이루리라

2000년 지나

우리가 왔네
그 갈릴리 바닷가 바위 언덕에
이제는 배신자 내가
주님을 사랑하리라
그의 양을 먹이리라

벧세메스(Beth-shemesh)로 가는 소

가야만 하는 길
언덕으로 오른다
커다란 눈망울
껌벅이며 말없이
고개 푹 숙인 채
눈물을 흘린다

사랑하는 새끼도
푸른 초원 삶의 터전도
목숨까지도
버리고
무거운 멍에 메고
언덕을 넘는다

벧산(Beth-shan)

그 성곽 잔해를
다시 보면서
그 옛날의 사울과 요나단을 생각한다

겸손했던 키가 큰 젊은이
용감했던 임금 사울
의리의 화신인 요나단

왜 그렇게 처참한
모습으로
최후를 맞았을까

순종을 잃고
교만에 빠지면
모두가 함께 패망한다는 진리를 본다

요단 강

아브라함이 왔을 때도
여호수아가 왔을 때도
오늘도
그 강은 흐르고 있다

가나안을 꿈꾸며
그리워했던
젖과 꿀이 흐르는
낙원

저 건너 보이는
구름다리를 넘어
하늘로 맞닿은
영원한 나라

그들이 꿈꾸는
희망은
그 강물처럼
끝없이 흐르기만 한다

시내 산

하나님의 사랑이
뭉쳐 산이 된
시내 산이 여기 있다

모세의 기도와
이스라엘의 배신과
퇴적된 역사가 있다

떨기나무 밑에서
신 벗고 명을 받는
모세가 보인다

어린 내 사랑하는
이스라엘 민족을
데리고 떠나라

수천 년 지난 시간
찾아온 모세 들이
또 그 떨기나무 불꽃을 본다

결단은 어렵고
보이는 것 하나 없어도
약속 믿고 묵묵히 걸어간다

느보(Nebo) 산에 올라

그날도 태양은 떴다
건너 보이는
먼 가나안
머릿속으로는
고난의 사십 년 세월이 스쳐 가고
눈에는
회한의 눈물이 고였다

살아온 긴 세월
왕궁에서
시내 산 자락 돌산에서
그리고 험난한 광야 길에서
생애의 의미가 무엇일까
느보 산 정상
최후의 기도를 드린다

오늘도 태양은 뜨고
수천 년 뒤에 온 나그네
느보 산에 올라

준비와 부르심
수고와 최후를 생각한다
장대 위에 매달린
놋뱀을 올려다본다

9

울고 계시는 하나님

1.
내가 어릴 때
아버지 지갑에서 돈 일 원을 훔쳤습니다
아버지는 내 잘못을 아시고
아무 말 없이
나를 끌어안고 울고만 계셨습니다

내가 고등학생일 때
모처럼 오신 자취방에서
아버지는 내가 잠든 새
해진 교복 바지 구멍을
꿰매시며 우셨습니다

나는 그때 알았습니다
아버지의 마음을
아버지의 생각을
아버지의 원하심을

하나님은 내 아버지십니다

내 육신의 아버지가 우실 때
내 영의 아버지도 우신다는 것을

나는 그때 알았습니다
하나님 아버지의 마음을
하나님 아버지의 생각을
하나님 아버지의 원하심을

2.
이브는 선악과를 따서 아담과 함께 먹었습니다
하나님의 명령을 어기고
나무 뒤에 숨어있습니다
나뭇잎으로 치부를 가리고

하나님은 우셨습니다
손수 만든 사람이
이렇게 어리석은가 한탄하시며
우셨습니다

가죽옷을 만들어 입히시며
"죄는 밉지만 나는 너를 사랑한다
사람아 사람들아"
하나님은 우셨습니다

3.
카인이 아벨을 죽이고
"내가 아우를 지키는 자입니까" 하고
하나님께 대들던
그 태고에도
하나님은 울고 계셨습니다

이락에서 형제끼리
시아파니 수니파니 패를 가르고
같은 알라의 축복과 은혜와 사랑을 외치며
서로 죽이고 죽을 때
하나님은 울고 계십니다

이스라엘과 팔레스타인이
여호와와 알라를 앞세우고
서로가 나고 자라고 살아온
수천 년 동안 이어온 조상들의 땅으로
로켓으로 쏘고 어린것들까지 죽이는 비극을 보시며
하나님은 울고 계십니다

4.
역사를 돌아보면
하나님이 울지 않은 시대는
한 번도 없습니다

태초에 천지를 창조하시고
참 좋았더라
그때 이후 하나님은 쭉 울고만 계십니다

죄지은 피조인간이 불쌍해서
아들 예수님을 구주로 보내시고

그들의 죄를 대신해
아들을 십자가에 못 박으며
우셨고

참 잘 믿는 주의 종들이
순교 당할 때
우셨으며

지금도
지독하게도 말 안 듣는
죄 덩어리 피조물 들 때문에
울고 계십니다

교회도 많고 교인도 많은데
아직 복된 소식을 못 듣고
하나님을 모르고
구원의 길을 알지 못하는
세계 여러 곳의
길 잃은 양들이 불쌍해서

울고 계십니다

목사는 목청 높여 설교하는데
허공만 울리고
장로 집사는 서로 사랑하라며
돌아서면 서로 욕하고 헐뜯고
이리 밀리고 저리 쏠리며
패거리끼리
예수를 십자가에 다시 못 박으니
하나님은 우실 수밖에 없습니다

5.
말로서 글로서
형제를 비방하고
지독한 독으로 쏘는
나를 물끄러미 바라보시며

용서하라고

일흔 번씩 일곱 번이라도
용서하라고 말씀하시며
눈물을 짓고 계십니다

6.
너무 가난해서 밥도 못 먹고
집도 없어서
40도 추위에 얼어 죽은
몽골의 어린아이가 불쌍해서
울고 계십니다

옆집에는 한국에서
선교한다고 온
하나님의 사람이 있었는데
"너는 그 시간에 어디 있었느냐
내 사랑하는 어린양이 추워서 얼어 죽을 때"
침묵하시며 나를 보고 울고 계십니다

7.
창조를 파괴한
인간들의 죄 때문에
쓰나미로
지진으로
산사태로

그리고 영생을 빙자한
자살폭탄으로
철없는 어린것들
아무 죄도 없는 순진한 사람들

모조리 순간적으로 죽어간
서러움을
하나님은 울고 계십니다.

8.
죽일 듯이 달려드는

개가 무서워
너무 힘들게 살아온
내 생애가 허무해
선교한답시고 벌려 놓은
일들이 어려워
이게 정말로 가야 하는
길인지 알 수 없어
먼 산 보며 눈물 흘릴 때

"계획은 네가 하지만 내 뜻이 이뤄진다"
하나님은 내 옆에 오셔서 위로하시며
나와 같이 울어 주십니다.

9.
하나님의 종인 목사님이
간음죄 짓고 버티다
세상 재판으로
만신창이 되어 벌 받게 되었어도

다윗처럼 회개하지 못하고
손으로 하늘 가리는 모습 보면서
안타까워 하나님은 울고 계십니다.

비디오테이프를 반납하러 간
어린 소녀를 유인하고
성추행하고 죽여 불사른
천인공노할 부자의 죄 때문에
그 죽은 죄 없는 천진한 어린 소녀 때문에

군에 갔다가 휴가 나와서
학교에서 퇴교하는 초등학생을
옥상으로 꾀어다 욕보인
짐승 같은 젊은이 때문에
그 어린 초등학생 때문에
하나님은 지금도 울고 계십니다

10.
죄가 세상에 꽉 차서
창조한 사람과 짐승과 새까지
홍수로 모든 피조물을 쓸어버리시며
가슴이 찢어져
하나님은 우셨습니다

세월은 오늘까지 무수히도 흘렀는데
그때보다 사람도 짐승도 새도
더 많아 이제 온 땅을 덮을 만큼 번성했는데
그래도 사람들은 여전히 죄를 먹고 마시며
홍수를 잊어버리고 있어
오늘도 찢어지는 가슴으로
하나님은 울고 계십니다